CW00411349

Тысяча Будд

Тысяча Будд

(Коллекционное издание, июль 2023)

Автор
Марк Вайсгербер

Детройтская издательская компания

Жара, повсюду жара!! Вонючее, горячее, липкое месиво, в которое я, казалось бы, окруженный толпами туристов и обливающийся потом, был оставлен достаточно один, чтобы забраться, хотя бы для того, чтобы покалечить свои драгоценные руки. Склон местности стал настолько крутым, что его следовало бы переименовать в утес, острые холмы - неприятное напоминание о путешествии в неизвестность; и все это в попытке найти легкий ветерок.

Это был Гонконг - волшебная страна, по-видимому, состоящая из скал, и я, дурак, попытался взобраться на нее. Почему, о, почему я согласился бродить по этой земле, ни много ни мало, в середине июля? Никакие вымышленные истории или деловая поездка не стоили таких страданий, моя ненависть к толпе росла с каждым шагом.

Почему я тоже пошел пешком? Город издавна славился своим легким и эффективным транспортом, и все же здесь мне пришлось раздавать то немногое, что у меня оставалось. Барахтаясь среди горных круч. Ни фляжки в руке, ни мобильного плана за границей; с тех пор как я покинул отель, я снова и снова проклинал свою удачу за подобные решения.

В довершение всего я споткнулся о большой камень возле въездных ворот, ушиб пальцы на ногах, ободрал колени и все такое прочее. Мысли о соседнем монастыре начали исчезать вместе с этим легким приливом крови, и теперь я мог только удивляться странностям теплового удара.

Тысяча Будд где-то в небе? Я надеюсь, что это того стоит.

О, да, это сказка! Я слышал историю торговца в пабе "Уотерсайд" о том, что за пределами Коулуна есть достопримечательность, которую стоит увидеть. Я наклонился ближе, когда он заговорил, потому что слышал об орде, затерявшейся где-то среди холмов. Тысяча тел, не имеющих выхода к морю, кружат над всеми нами, танцуя и, по-видимому, громко смеясь. В ту ночь мне приснилась могучая рука, которая позвала меня вперед и ушла рано, без дальнейших приготовлений.

Теперь я продолжал, делая все возможное, чтобы залечить свои раздробленные пальцы на ногах.

И о, этот подъем!!! Как справлялись местные жители? Изнуряющая агония продолжалась повсюду, всегда все выше и выше. Воздух стал густым от гнета, послеполуденное небо пропускало только толпы людей и пар.

Как же мне хотелось лечь и умереть.

Но что это было на этот раз? Впереди на тропинке, в просвете между толпой, появилось ровное место, и вместе с ним донесся звук, который, как мне показалось, я когда-то знал. Шепот среди камней? Поплескаться на краю бассейна?

Фонтан?

Мои икры больше не болели, голова больше не требовала, чтобы я ждал, пока я тащился вперед, и поразительный солнечный свет, казалось, соскальзывал с моих плеч. Вода. О, благословенное облегчение, когда я увидел изогнутую чашу и погрузился в нее с головой, чтобы напиться досыта. Туристы, охранники - все остальное было забыто в этой благословенной первой прохладе горла.

Как долго я стоял там, сложив ладони рупором, чтобы поймать его, я не знаю. Только когда ко мне вернулось подобие самого себя, я обрел прежнее спокойствие.

Затем он быстро отскочил назад от удивления.

Палец? Золотая фигура среди всей этой зелени, так близко, там, над моей головой?

Прямо за моим носом, всего в дюйме или двух правее, было что-то длинное, шишковатое; желтое? Я ахнула, когда увидела его в полной форме. Ибо надо мной возвышалась рука, предплечье во всю ширину человеческого роста, стояла и смеялась надо мной. Это была фигура, скрытая среди деревьев, которая, казалось, внезапно наклонилась, осудила, нахмурилась, вся

Поза для атаки!?

Я упал спиной на твердые камни, у меня закружилась голова, пальцы ног снова разъехались в агонии.

Однако парень наверху стоял как вкопанный, продолжая смеяться над моей глупостью. Статуя? Руки потянулись к нему слева и справа, и через мгновение мои глаза последовали за ними. От того, что я увидел, у меня действительно отвисла челюсть: цифры, цифры, растущие повсюду и охватывающие бесконечное количество людей! Настоящая армия бежала передо мной с обеих сторон. Деревья качались, как и мой разум, но бесконечные фигуры продолжали оставаться передо мной. Я просто разинул рот.

"В этом переулке вдоль дороги тысячи Будд", пробормотал кто-то - гид?

"В самом монастыре их более чем в десять раз больше, они уходят вверх, вглубь холмов - некоторые размером с большой палец, другие пытаются подняться до уровня самого Большого Будды. Однако, как мы увидим, все это потерпит неудачу. Пойдем, впереди еще много чего". Потом я побродил по площади, внезапно забыв о толпе. О, как сказка о купцах даже не коснулась краев этой новой реальности! Теперь мужчины, казалось, собрались по всем углам, держась за головы и животы. Мужчины смеются друг над другом над неслыханной шуткой. Жара, вероятно, усилилась на площади, но она едва коснулась моего дыхания.

Постепенно мои чувства пришли в себя - я мог бы нарисовать эту сцену, да, тысячи глаз смотрели отовсюду. Мои руки, сжатые в кулаки, поплыли над альбомом для зарисовок, заполняя уголки, страницы, целые главы зрелищем, которое я видел раньше. Это было завораживающе, вокруг царило нерушимое однообразие. Капля пота попала мне в глаз, вызвав еще большее преломление зрения.

И все же в этом однообразии было какое-то разнообразие, не так ли? Справа виднелся одинокий пьедестал, заминка среди форм. Любопытно, подумал я, подходя ближе. Вероятно, там установлена новая статуя или возможен ремонт? Это не имело значения, и я продолжал бродить вокруг, делая наброски, мимолетно думая о пустом стуле, который каждый год оставлялся для Яхве. Тропинка оставалась тихой; Будды застыли в своем непрекращающемся смехе.

Я пытался запечатлеть все это, наклоняясь вбок, записывая каждое изображение, которое видел перед собой. Я блуждал в глубине этих рук, по стройному животу. Что-то в этом смехе привлекло мое внимание.

Что-то здесь было очень не так, но сначала я не мог понять, что именно. Была ли это внезапная тишина?

После долгой паузы я повернулся, чтобы что-то сказать парню рядом со мной, но застыл, не произнеся ни слова. Это был просто еще один Будда, наклонившийся ближе. Как странно. Пространство вокруг внезапно опустело. Как это могло случиться?

Прошло мгновение, прежде чем время, казалось, догнало меня. Сейчас было самое подходящее время зажечь свечи на вечернем воздухе. Быстро ли наступает темнота? Нет, конечно, нет!

Как долго я удивлялся этому зрелищу, казалось бы, затерявшемуся в моей собственной голове?

Когда я подошел к тому месту, где должны были быть ворота, мне показалось, что передо мной предстало странное видение. Будды вокруг меня, казалось, собрались еще ближе, ужасно зловещие. Но площадь была сотни метров в поперечнике, не так ли? Я не осмеливался смотреть слишком быстро, потому что качество света ослабевало. Мое сердце колотилось в такт шагам, когда я возвращался по своим следам.

Будды вокруг меня продолжали придвигаться все ближе и ближе, обычные лица наблюдали за мной, становясь все ближе. Кто-нибудь из них подмигнул? Какая странная мысль. Тогда пришло время отправляться в путь, спускаться, уезжать.

Я почти выбрался с площади, почувствовал, как мои пальцы скользят вдоль линии границы, когда услышал какой-то звук. Суетись, прыгай. Затем я обернулся, наблюдая, как медленный поток золота с грохотом приближается ко мне. Я боролся с желанием наклониться и подхватить его на лету. Кольцо? Крутящаяся безделушка, ловящая последние лучи уходящего дня?

Круг за кругом он продолжал вращаться, увлекая за собой мои глаза.

Я собирался что-то сказать, возможно, наклониться, когда один из Будд спустился со своего насеста и протянул мне руку. Он без особых усилий надел кольцо обратно на мизинец, потянулся, зевнул и через минуту, казалось, махнул рукой.

Нормальный мужчина, скорее всего, закричал бы, завизжал, замахнулся, убежал бы, позвал бы кого-нибудь - вот и все. Я, не будучи ни тем, ни другим, просто стоял с разинутым ртом и смотрел, как фигура, извиваясь, приближается ко мне через площадь. Исполнитель? Возможно, он пытался что-то сказать, выглядя ошеломленным моим появлением.

Нет, он мне не махал! Позади себя я услышала лязг, когда еще один твердый золотой шаг эхом отразился от булыжной мостовой. Вместо того чтобы попросить об одолжении, этот парень выбрал пятнышко на своих штанах. Теперь по моей спине пробежал холодок, который не имел ничего общего с ветром. Затем я медленно обернулся, потрясенный тем, что они, казалось, ничего не видели.

Может быть, если бы я двигался медленно, этот сон скоро закончился бы? Тем временем два брата стояли, тихо переговариваясь между собой. Я рискнул этим.

Я как раз скользил в первые глубокие тени деревьев, которые казались безопасными, когда почувствовал, как что-то соскользнуло с моего локтя, заскользило, загремело по булыжникам внизу. Я знал этот звук - мой карандаш для рисования. Я старался не смотреть, но первый из пары теперь понимающе смотрел в мою сторону. Ошеломленный, я стоял и наблюдал, как еще один из Будд спустился, чтобы присоединиться к битве, хмурясь в вечернем свете. Затем еще один. Затем еще один.

Теперь, казалось, повсюду было движение, соответствующее скользящему потоку.

Нет, они были настоящими - теперь пришло время бежать.

И все же внезапно повсюду появились лица, тела! Издевающийся в ужасной ухмылке? Тогда зачем я им понадобился? Где сейчас охранники?

В легкой панике я протянула руку, чтобы вытереть лоб. Потом они должны были приехать, какая-то группа из долины, чтобы забрать меня. О, я был уверен, что они поймают меня, объединят в гильдию, сломают и то, и другое. Стоя там в ожидании, я пытался заговорить, поторговаться.

Когда они приблизились, я мог только стоять и беззвучно кричать!

Именно тогда начала петь певчая птица; это отвлекло меня от моих утомительных занятий, когда появился первый Будда. Сделав последнее отчаянное усилие, я, наконец, смог развернуться и убежать!

---- прощание ----

Milton Keynes UK
Ingram Content Group UK Ltd.
UKHW020741161023
430697UK00017B/884